AF317956

QUELQUES RÉFLEXIONS

SUR L'ÉTAT ACTUEL

DES CHOSES;

Par M. Louis FRACHET.

Des raisonneurs en foule, et pas un citoyen.

A PARIS,

CHEZ LADVOCAT, LIBRAIRE, AU PALAIS-ROYAL.

NOVEMBRE 1819.

QUELQUES RÉFLEXIONS

SUR L'ÉTAT ACTUEL

DES CHOSES.

Dans la foule des journaux qui, chaque matin, en échangeant les injures, pèsent les destinées de la France, nul ne nous entretient de l'amour de la patrie. Cette idée est stérile pour nos publicistes à la feuille, qui, la plupart au moins, n'ont prouvé leur patriotisme que dans des articles qu'on apprécie à leur juste valeur. Il est encore des hommes distingués par leur caractère et leur talent qui pourraient traiter d'inspiration un si beau sujet; mais ils sont peu nombreux. Regrettons toutefois qu'une plume habile ne se soit pas chargée de réveiller dans tous les cœurs le feu sacré de l'amour du pays;

qu'il n'ait pas inspiré des accens victorieux à ces orateurs chargés de défendre à la tribune les intérêts de la France. Mon faible essai n'eût-il que l'avantage d'appeler l'attention d'hommes plus capables, et de les porter à s'emparer de mon sujet pour l'approfondir, je serai satisfait et récompensé de mon travail. Si j'ai entrepris au-dessus de mes forces, l'amour de la patrie sera mon guide et mon excuse.

Dans les monarchies, l'honneur; la vertu ou l'amour du pays dans les républiques; voilà les mobiles que Montesquieu reconnaît.

Le système monarchique constitutionnel et représentatif, tenant de la monarchie et de l'état populaire, devra nourrir ensemble l'amour du pays et l'honneur.

En France l'amour de la patrie n'est qu'un mot dont on conçoit à peine le sens (1). Quelques étincelles de ce feu divin brillèrent un instant aux jours orageux de la révolution; mais elles furent bientôt étouffées sous les effort des partis.

____

(1) La tragédie de *Brutus* nous paraît froide et le héros barbare. Nous n'avons pas même l'idée de la passion qui fait le sujet de cette pièce.

L'honneur, égaré par les préjugés, froissé par les discordes, s'est à peine conservé pur dans quelques âmes élevées. L'égoïsme a tout envahi, l'intérêt tout flétri, l'ambition tout renversé.

Cet orgueil national qui élève l'Angleterre au-dessus des autres peuples, est inconnu chez nous (1). Sans cet esprit d'union qui fait la gloire et la grandeur des empires, point de confiance publique, point d'institutions durables; chaque jour peut être la veille d'une révolution ou d'une défaite; le bonheur des peuples, la liberté, est à la merci du plus audacieux ou du plus adroit.

En vain graverez-vous sur le bronze et la pierre des lois proclamées avec menaces; elles ne seront pas long-temps respectées, si vous ne gravez aussi dans tous les cœurs la volonté de les suivre. Lycurgue défendit d'écrire ses lois: C'est vainement que vous les écrirez, disait-il,

____

(1) Il n'y a point d'esprit national en France, parce qu'avant 89, sous une monarchie absolue de fait, l'honneur était le seul mobile. Depuis cette époque, les secousses politiques qui l'ont anéanti n'ont pas permis à l'amour de la patrie de le remplacer.

si elles ne sont empreintes en vous par la volonté, le plus fort lien qui puisse contraindre les hommes.

Quand les lois et l'opinion sont en contradiction, celle-ci l'emporte toujours. Si vous la heurtez de front, elle résiste; mais elle cède à des efforts cachés. Le premier soin de celui qui fonde un empire est d'employer les moyens propres à créer un esprit public favorable à ses vues. Le grand art du législateur n'est pas de donner des lois sages, mais de préparer les peuples à les recevoir et à les observer long-temps.

La législation d'un peuple doit être assortie à ses mœurs, à ses usages. L'idéologie, qui réduit tous les principes en théories impossibles à l'application, ne saurait dicter de bonnes lois. L'expérience des siècles passés, l'observation, suffisent pour guider le législateur. La meilleure loi n'est pas toujours celle qui convient le plus.

Si, malgré les vices de sa constitution, l'Angleterre voit croître chaque jour sa puissance, elle le doit au patriotisme de ses enfans. Rome, dès sa naissance, en proie aux fureurs des guerres intestines, fruit nécessaire de ses institutions politiques, ne parvient pas moins à l'empire du monde, soutenue par le dévouement

des Horaces et des Décius. La Grèce est pré-
servée de l'esclavage à Marathon par les Athé-
niens, que l'amour de la patrie porte à tous les
sacrifices. Toujours on a vu ces cohortes innom-
brables assemblées à la voix d'un chef tout-puis-
sant, fuir devant une poignée de soldats animés
par l'amour du pays et de la gloire.

Dans tous les états il faut qu'un même mobile agite les masses en les unissant : sans cela
rien de grand, rien de stable.

Tant qu'un pays est divisé en factions qui
estiment plus leur triomphe particulier que celui de la cause publique, on doit s'attendre à
des secousses toujours nouvelles. Le sénat et
le peuple romain, désunis par des intérêts contraires, sont près d'en venir aux mains ; une nation voisine offre à l'un des deux partis son
alliance et ses secours, espérant profiter de la
discorde pour les perdre après tous les deux ;
les haines civiles sont calmées, on se réunit
contre l'ennemi commun, il est forcé de fuir.
Naguère encore chez les insulaires nos voisins, les Whigs et les Torys, irréconciliables
jusque-là, ne se préparèrent-ils pas ensemble à repousser les attaques de la France sou-
mise à un ambitieux ? Et nous avons à rou-

gir des notes secrètes! et l'étranger, mille fois
appelé sur nos terres par des sollicitations et
des vœux cachés, a deux fois satisfait les désirs
insensés d'un parti qui s'est dit royaliste! faut-
il que ces hommes comptent parmi eux de
grands talens!......

Tant que les intérêts particuliers l'emporte-
ront sur celui du bien public, il faut tout craindre et tout prévoir.

L'immense majorité de la nation soupire
après le repos et attend les fruits de la paix.
Une guerre lointaine et ruineuse serait moins
fatale à la France que le système actuel. Les
esprits dégagés des influences diverses de la
révolution sont prêts à recevoir les heureuses
impressions que la Charte avait présagées. Par
une fatalité ordinaire, le sort des Français est
entre les mains de quelques hommes. Il dépend
d'eux de nous rendre notre ancienne splendeur
et notre ancienne puissance; le feront-ils?
Tempo è galant uomo. Qu'ils ne s'abusent pas
cependant sur la nature du pouvoir qui leur
est confié. La France, fatiguée des troubles et des
alarmes, pourra bien souffrir quelque temps
qu'on l'accable sous le poids d'une autorité
illégitime et usurpée; mais les jours de la li-

berté sont venus; et si l'on trompait notre attente, si la foi promise était violée, nous en demanderons compte à ceux qui étaient responsables. Qu'ils osent envisager de sang-froid les excès auxquels peut se porter un peuple qui regarde l'asservissement comme la dernière des calamités. Il faut rendre à la France son indépendance et son rang en Europe. Pour cela, il faut raviver l'esprit national, donner à la confiance une entière sécurité. Quels sont les moyens à employer? c'est ce que nous allons essayer d'indiquer avec toute la franchise d'un homme libre.

La Charte a posé les bases de nos libertés en reconnaissant ce principe éternel, qu'un peuple ne peut et ne doit être gouverné que par les lois qu'il a consenties. Les partis interprètent diversement les dispositions de cet acte fondamental; mais la France n'y voit que la source future de ses prospérités, un germe précieux qu'il faut développer. Sans doute elle y retrouve quelques taches que les intérêts du moment avaient rendues presque nécessaires; mais sachant qu'il n'est pas donné à l'homme de parvenir tout d'un coup à la perfection, elle excuse des inconséquences qui sont elles-mêmes le garant de la bonne foi qui a dicté ce pacte social. Ce n'est que par degrés que les empires s'élèvent à l'apogée de la grandeur.

L'unique et sûr moyen de rassurer tous les esprits, de concilier tous les intérêts, de réunir les hommes de tous les partis qui chérissent franchement le bien public, est de montrer un dévouement entier aux principes : porter à la Charte un respect inviolable en ses points capitaux, où sont déposés les gages de nos libertés (1); favoriser le libre exercice des droits de citoyen, de la presse, des cultes, des opinions; consacrer à jamais la légitimité, parce qu'elle importe à la nation; récompenser et encourager l'amour du pays; enfin nous donner des lois libérales assorties à notre caractère et à notre situation politique.

____

(1) Qu'on ne dise pas qu'une atteinte une fois portée à ce palladium, on ne sera plus arrêté par son inviolabilité. Si nous n'avions pas la Charte il faudrait nous la donner. Ceux qui prétendent que, par respect pour elle, on ne doit réformer aucun de ses articles, ne ressemblent pas mal à ces Indiens adorateurs du feu, qui respectent encore leur dieu quand il dévore leurs chaumières.

L'ordonnance du 13 juillet 1815, en soumet-
tant à révision les art. 38, 40, etc., de la Charte,
avait déjà pressenti la nécessité de les réformer.
Si, par un respect outré, on n'a proposé jusqu'à
ce jour aux chambres aucune modification, il
est temps d'envisager les résultats d'une plus
longue tolérance. Peut-être l'intention qui a
dicté ces articles était louable et droite; mais
l'erreur a pu se glisser dans le conseil suprême;
et quand l'expérience l'a signalée, c'est un droit,
c'est un devoir d'en demander justice.

Que pour être électeur il faille présenter par
son âge et sa fortune une garantie morale et
probable, chacun le conçoit aisément. Mais que
pour être capable de représenter ses conci-
toyens, il soit besoin d'autre chose que d'un
beau caractère, d'une réputation sans tache,
d'un talent éprouvé, d'un patriotisme ardent
et sage, c'est ce qu'on ne persuadera pas. Qu'on
n'objecte point que celui qui paie mille francs
de contributions est à l'abri de la séduction
parce qu'il est au-dessus du besoin. Une âme
vénale peut toujours être achetée; si l'avarice,
si l'ambition des richesses peut être satisfaite
une fois, celles des honneurs peut-elle jamais
l'être? Seulement, comme les souhaits coûtent

plus à combler à mesure qu'on a davantage; pour séduire une chambre composée d'hommes riches il faudra plus affaiblir l'état, parce qu'il sera besoin de les acheter plus cher. Quant à l'âge prescrit par l'art 38, il est trop évident qu'il fut fixé ainsi par suite des combinaisons d'alors, qui faisant mal à propos redouter les hommes nouveaux, les hommes du siècle, crurent ainsi remettre le sort de la France aux mains des fidèles mais imprudens défenseurs du trône à la fin du dix-huitième siècle.

Voyons maintenant les conséquences de ces dispositions.

La vie de l'homme est continuellement agitée par les passions; c'est à elles qu'il doit ses vertus et ses vices; à vingt ans l'amour, à trente la gloire, à quarante l'ambition. Voilà les mobiles des grandes choses dans le cours ordinaire de la vie. Le besoin de la gloire échauffe le patriotisme. Si dès l'enfance nous n'avons pas nourri l'amour du pays, si jamais nous avons fléchi sous un joug de fer, sera-ce lorsque l'âge nous aura glacés, lorsque notre avenir invariablement fixé nous aura fermé le champ des illusions, à la fin d'une carrière semée d'orages et attristée par les souvenirs, que nous trouverons cette énergie expansive qui ranime et alimente autour de nous le dévouement à la cause publique? Si le puissant ressort de la gloire n'est pas brisé, l'ambition vient se mêler à ses élans, elle en paralyse les efforts. Aux jours de la vieillesse, l'homme s'endort dans une indifférence que les revers et les dégoûts de la vie ont justifiée; ou s'il lui reste encore quelque passion, c'est celle des richesses et des honneurs. Loin de moi l'idée de confondre tous les hommes dans cette classe vulgaire; grâce au ciel, les exceptions ne sont pas rares; mais je peins le grand nombre.

Une autre raison, c'est que la loi porte un coup mortel aux talens en éloignant de la chambre tous les citoyens qui n'ont pas atteint quarante ans. A cet âge on ne commence pas une carrière nouvelle, et c'est ce qui arrive et arrivera nécessairement à la plupart de nos députés. Un sage de la Grèce pensait que pour faire un homme excellent dans un genre quelconque, il fallait, dès son enfance, même dans les jeux du jeune âge, s'occuper exclusivement du même travail. Pour représenter dignement une nation, il faut faire une étude approfondie de l'histoire, des lois de tous les pays, du droit naturel et public, de celui des gens et de la guerre; en un mot la science des gouvernemens exige un vaste amas de connaissances, que l'on ne peut acquérir qu'en s'y appliquant d'une manière spéciale. Or, quel est celui qui jusqu'à quarante ans s'occupera de ce travail exclusif qui peut rester sans récompense? Dans l'incertitude et le vague d'un but trop éloigné, il se livrera à d'autres occupations; nul ne se préparera dès sa jeunesse à suivre cette carrière honorable et brillante; et après vingt années de paix, lorsque le temps aura fait disparaître les hommes que la révolution a formés, nous n'aurons plus que des hommes médiocres, arrachés au barreau ou à des loisirs paisibles pour venir discuter les intérêts des nations.

Il est une autre époque de la vie, où dédaignant les palpitations de l'amour pour les rêves de la gloire, une âme forte n'imagine rien au-dessus du bonheur de servir, d'illustrer son pays. Inabordable aux séductions, fière d'un antique désintéressement, elle ne prend conseil que de la vertu, et cherchant dans l'histoire des modèles fameux, ne voit que le bien public et l'immortalité. Poursuivant partout l'égoïsme et l'ambition, combattant l'abus d'un pouvoir oppresseur, foudroyant la politique astucieuse d'un ministre absolu, souvent à la tribune, inspirée par la grandeur de sa cause, divinisant l'amour de la patrie, elle répand dans tous les cœurs la persuasion et l'enthousiasme. Voilà les hommes qui font la grandeur des empires; c'est à eux qu'il faut commettre le soin de réchauffer le patriotisme. Sans doute une chambre composée d'hommes à la fleur de l'âge pourrait tomber dans des excès dangereux, mais ils ne seraient certainement pas plus à craindre que ceux qu'on peut avoir à reprocher aux vétérans de la révolution. D'ailleurs ils (1) ne seront jamais en grand nombre; la jeunesse inspire peu de confiance; il est des ex-

----

(1) Si dans les dernières sessions la chambre eût compté dans son sein quelques jeunes hommes, les discussions auraient changé de face; elles auraient été vives et animées, et non pas froides et minutieuses. L'éloquence de l'âme aurait remplacé l'éloquence de calcul. On va aux chambres avec la boule blanche ou la boule noire dans la poche; on écoute impatiemment les discours des orateurs, et l'on ne change jamais d'avis ni d'opinion. Faut-il accuser ceux qui parlent ou ceux qui écoutent?

ceptions honorables, il faut laisser aux électeurs le libre choix de ceux qu'ils estiment.

L'intérêt du moi est le mobile souverain de toutes les actions humaines. Sous quelques modifications qu'il se déguise, cet agent primitif n'en est pas moins lui-même; amour de la vertu, de la patrie, de la gloire, de la beauté; tout tient au même fil et à la même cause. Le secret de la législation est de mettre habilement en jeu ces moteurs suprêmes pour obtenir des résultats heureux.

Honorant celui qui sacrifie à la cause publique, flétrissez l'égoïsme, et vous trouverez des hommes généreux. N'attendez rien de la contrainte et de la force; que chacun puisse encourir le déshonneur sans autre peine que l'infamie. L'opinion est la reine du monde: tel meurt sous le dais, emportant une flétrissure éternelle dans la tombe superbe que les flatteurs lui ont réservée au Panthéon; tel autre périt sur l'échafaud, ceint de l'auréole brillante d'une immortalité consolatrice.

C'est un grand moyen de rendre les hommes meilleurs que de leur témoigner qu'on les croit tels en effet. Une estime de confiance veut

être méritée sous peine d'avilissement; le soup-
çon a souvent provoqué la déloyauté.

Ce ne sont pas les peines les plus cruelles
qui font le plus respecter les lois, mais celles
qu'on ne peut mériter sans honte. L'infamie
est un supplice terrible dans tous les pays où
l'honneur est encore connu.

Quelle est cette loi de recrutement qui pro-
nonce des peines afflictives contre les infrac-
teurs? Que ferez-vous de ces soldats qui ne seront retenus sous les drapeaux que par la crainte
de la prison ou de l'amende? Laissez fuir cet
esclave qui ne tient pas à l'honneur de servir
son pays : sa présence dans les rangs serait une
honte pour l'armée.

Tout citoyen doit concourir à la défense de
la société dont il fait partie. Que celui qui re-
fusera de reconnaître ce principe incontesta-
ble, cesse d'être de la cité; qu'il ne soit plus
protégé par elle, puisqu'il ne consent pas à en
porter les charges. Incapable de voter dans les
assemblées, inhabile à poursuivre une action
devant les tribunaux, indigne de parvenir aux
emplois, que le mépris des honnêtes gens soit
sa seule punition : s'il est insensible à la honte,

il ne ferait qu'un mauvais soldat plus nuisible qu'utile. Il est des fautes dont l'opinion seule doit faire justice; qu'on n'objecte pas que ce serait un faible lien; il faut intéresser l'honneur (1) pour savoir ce qu'il peut faire.

Suivant le même principe on devait laisser à la presse toute sa liberté, prévenir ou plutôt réprimer les abus en désignant à l'opinion les pamphlets calomniateurs (2), mais ne pas mettre à prix le droit d'écrire: il fallait mépriser les déclamations quotidiennes des coryphées de parti, ne pas faire à la justice et au bon droit l'injure de croire qu'ils ne trouveraient pas assez d'ardens défenseurs quand ils seraient attaqués par des pervers. L'éloquence et la persuasion sont le partage de la vérité. Que si des libellistes scandaleux venaient à perdre le respect, un jury nombreux et impartial devait dé-

---

(1) En attachant une peine déterminée à un délit, on ne voit plus qu'elle dans la réparation; on croit la faute effacée quand on a subi la peine.

(2) Quelquefois il faut les dédaigner, et garder le silence. Il vaut mieux se taire que d'illustrer l'impiété par un débat honteux,

cider la question de savoir si la calomnie ou l'imprudence avait mérité la censure; alors un sceau de réprobation devait être apposé sur toutes les pages indécentes ou dangereuses, qui pourraient ensuite librement circuler empreintes de la tache infamante. Si l'auteur d'un écrit désigné à l'indignation publique retombait dans les excès qu'on avait déjà réprimés en lui, alors seulement on avait le droit de lui imposer la censure préalable ou de le soumettre à caution; alors, et suivant la nature de son délit, on pouvait justement lui défendre d'écrire, ou pour un temps déterminé, ou pour toujours. Que s'il enfreignait cette interdiction, la société le repoussait de son sein qu'il avait voulu déchirer. Mais en remettant à des jurés le soin de décider du sort des écrivains, il fallait rendre à ces juges toute l'indépendance que réclament de si importantes fonctions.

Le jugement des pairs est sans contredit le plus sûr et le plus raisonnable. Peut-être simplifierait-on beaucoup la procédure des tribunaux, peut-être on abrégerait ou préviendrait un grand nombre de procès en confiant aux jurys le pouvoir de décider toutes les affaires civiles et criminelles. Des jurés probes et sa-

ges, ignorant les détours de la chicane et ju-
geant d'après l'équité naturelle, vaudraient bien
ces coteries de trois, quatre, ou six hommes
qui disposent à leur gré de nos biens, et dont
la jurisprudence, en contradiction perpétuelle,
rappelle ces paroles d'un avocat vénitien qui,
remerciant le sénat, disait : « Vos seigneuries jugèrent le mois dernier la question qui vient de
les occuper, elles la jugèrent bien; elles viennent
de la décider d'une façon contraire, c'est toujours bien. »

C'est au despote qui gouverna la France pendant quelques années, que nous devons plu-
sieurs institutions sages et libérales; mais comme
s'il eût voulu ressaisir en secret, et par des voies
détournées, le pouvoir absolu qui échappait à
ses mains ambitieuses, il trouvait toujours le
moyen de remettre à des créatures dévouées
l'exécution des lois que la nécessité impérieuse
des circonstances lui avait arrachées. Ainsi, les
préfets devinrent les arbitres du sort des mal-
heureux accusés de trahison ou de lèse-ma-
jesté. C'est avoir une étrange idée de l'indépendance, que d'imaginer qu'elle a pu être respec-
tée dans le conseil de Bonaparte. Que le sort
ou un ordre invariable décide donc seul à l'a-

venir des noms qui doivent sortir de l'urne des assises; qu'une liste des citoyens les plus éclairés, les plus intègres, soit formée par une commission spéciale. Que ce tableau, ensemble l'ordre de classement, soient approuvés dans une assemblée départementale présidée par un de ses membres. Chaque année on soumettra cette liste à la révision du conseil, qui prononcera contre les jurés inexacts la censure ou la radiation. La loi pourra attacher à cette interdiction celle des droits politiques et de tous ceux qu'on ne peut exercer que comme citoyen. Mais nulle autre peine ne saurait être infligée; quand on punit celui qui ne veut pas supporter les charges de la cité, il faut se borner à le priver des droits que sa qualité de citoyen lui donne.

Le système d'oppression créé sous l'empire se fait également sentir partout. Pourquoi, sous un prince constitutionnel, fondateur de notre liberté, ne pas laisser aux communes le droit de choisir leurs administrateurs ? A quoi bon entretenir à grands frais dans les provinces ces petits proconsuls qui se plaisent à faire sentir une chaîne odieuse ? Les départemens ne sauront-ils pas eux-mêmes nommer leurs magistrats, administrer les finances, maintenir le bon ordre? Le roi conserverait le pouvoir de refuser son approbation aux choix imprudens. Que pourrait-on craindre de cette indépendance?

La science des gouvernemens a fait de rapides progrès. L'expérience a démontré les principes, et les peuples sont éclairés sur leurs véritables intérêts. Ils ont besoin d'être libres, ils le veulent, on ne diffère guère sur les moyens de l'être; on sent le prix de la liberté; mais on connaît les dangers de la licence.

La nécessité d'un nouvel ordre de choses prépara la révolution; les prétentions exagérées de la noblesse et l'égoïsme orgueilleux du clergé attisèrent le feu, et l'incendie éclata. Du choc des opinions jaillit l'étincelle électrique qui devait embraser la France, et tous les trônes furent ébranlés. Le patriotisme et l'ambition égarèrent tour à tour les hommes du siècle.

Après avoir essayé tous les genres de gouvernement, tantôt au milieu des horreurs de l'anarchie, tantôt sous la verge de fer du despotisme, déchirée par la rage des factions contraires, la France dut bientôt s'apercevoir qu'il

n'était de repos pour elle que dans la légitimité ; mais comme les troubles civils mettent
toujours le pouvoir aux mains des ambitieux
qui comptent pour rien la patrie et leurs con-
citoyens, on trompa long-temps le vœu des
Français qui soupiraient après la paix. Les rêves
de la gloire militaire avaient un instant séduit
les jeunes cœurs trop faciles à s'enflammer ; on
voulut persuader à l'Europe que notre mal-
heureuse patrie partageait, avec une armée
aveugle, enthousiaste des talens de son géné-
ral, l'éloignement à s'unir aux anciennes bannières des lis.

Cependant, un dieu tutélaire veillait sur nos
destinées, et le fils de nos rois revit le palais de
ses pères. Ce bonheur fut diversement apprécié.
Le peuple, qui s'égare aisément, prêta l'oreille
aux suggestions perfides d'un parti terrassé. On
lui fit craindre un monarque outragé, disposé
à profiter du pouvoir qui lui était rendu, et de
l'appui des forces imposantes qui l'avaient porté
au trône, pour venger ses injures et celles de sa
famille. La Charte vint rassurer les esprits de
bonne foi : et l'on put dès lors présager qu'un
prince qui donnait à son peuple une constitution libérale, quand il eût pu l'accabler de sa

toute-puissance, serait le père des Français et le restaurateur de la liberté. Des conseils imprudens et insensés lui firent commettre quelques fautes. Les mécontens grossirent et envenimèrent le mal; comme si dans ces temps de crise les erreurs ne trouvaient point d'excuse. On devait s'attendre à quelques écarts : les empires ne s'affermissent pas en un jour. D'ailleurs, on respectait les principes essentiels, et le remède était voisin de la plaie. Mais ce n'était pas le compte des factieux : un homme qui avait méconnu tous nos droits parut (1); et les prolétaires joignirent de toutes parts ses drapeaux qu'ils regardaient comme un gage assuré de victoire. Les conquêtes de Bonaparte lui avaient fait quelques partisans de bonne foi; ses défaites les lui ont enlevés. Il n'est plus que l'homme des traîtres. L'Europe l'a immolé à sa sûreté; elle l'a cru redoutable encore, il n'est plus qu'à plaindre.

Je ne me jetterai pas dans les ténébreux dé-

______

(1) Si Bonaparte réussit en 1815, c'est à l'égoïsme qu'il le faut attribuer. Les soldats de l'empire partageaient avec leur chef le despotisme militaire, et chacun d'eux se croyait quelque chose, parce qu'il usurpait des droits qu'il n'avait pas.

tours de la métaphysique pour soutenir le droit de successibilité au trône. Tous ces argumens vieillis dans leur futilité ne persuadent pas ; il en est un seul qui décide la question. On ne peut le nier, la légitimité est l'ouvrage du peuple. Le droit des princes à la couronne vient du consentement des nations ; il ne s'agit pas ici de savoir si les peuples ont le droit de se rétracter, mais bien de savoir s'ils le veulent ; or, leur intérêt s'y opposant, ils ne le voudront pas, parce que l'expérience leur a prouvé qu'il n'est de bonheur pour eux que sous une monarchie héréditaire. Que feraient les droits de quelques potentats opposés aux intérêts de cent millions d'hommes ? On n'en est plus à respecter les syllogismes des sophistes qui n'abordent jamais la question. L'Europe consacre la légitimité, parce que le gouvernement monarchique, héréditaire et constitutionnel est le seul qui puisse assurer son repos. Les leçons de l'histoire et sa propre expérience l'ont assez éclairée sur ses véritables intérêts. Elle sait que l'esprit de conquête et les troubles intérieurs désolent les (1) républiques. Les commotions

____

(1) Un Lacédémonien répondit à quelqu'un qui

politiques des états populaires ébranlent le monde. Chaque jour peut voir naître un Marius, un Sylla, un Octave; et la plus florissante république de l'antiquité, après cinq siècles de discordes, est asservie par un citoyen obscur.

La royauté élective unit tous les dangers des républiques à l'odieux des monarchies absolues. Jamais un empire ne sera tranquille pendant que le suprême pouvoir pourra tomber aux mains du dernier des citoyens, que l'audace et l'ambition auront enhardi (1).

---

voulait qu'on établît à Sparte un gouvernement populaire, où les petits eussent autant de pouvoir que les grands : « Commence donc à régler ta maison sur ce pied. »

(1) Corneille a dit :

> *Seul* quand le peuple est maître, on n'agit qu'en tumulte,
> La voix de la raison jamais ne se consulte;
> Les hommes sont vendus aux plus ambitieux,
> L'autorité livrée aux plus séditieux.
> Ces petits souverains qu'il fait pour une année,
> Voyant d'un temps si court leur puissance bornée,
> Des plus heureux desseins font avorter le fruit,
> De peur de le laisser à celui qui les suit.
> Comme ils ont peu de part au bien dont ils ordonnent,
> Dans le champ du public largement ils moissonnent,
> Assurés que chacun leur pardonne aisément,
> Espérant à son tour un pareil traitement.

Il faut donner à l'insatiable désir du pouvoir des bornes certaines et immuables. Un roi constitutionnel, soumis aux lois de l'état, n'est que le premier citoyen de son royaume, partageant avec la nation le pouvoir législatif, chargé de faire exécuter les lois qu'elle s'est données ; il sait que si le hasard de la naissance lui a remis la couronne, en l'acceptant il s'est imposé l'obligation d'obéir aux lois, et de rendre heureux ses peuples. Que si jamais il donnait l'exemple de la violation des sermens qu'il doit faire à son avénement, pour n'être pas responsable aux tribunaux humains de ce crime, il n'en devra pas moins rendre compte à l'Éternel des calamités dont son infraction aura été l'origine. Mais loin de nous l'idée de ces malheurs : le ciel, dans sa clémence, nous a donné pour nous gouverner, *un de ces hommes qu'il envoie en signe de réconciliation quand il s'est lassé de punir* (1). Qu'il ne se laisse pas séduire par des ministres plus avides de commander que lui-même. La soif de l'absolu pouvoir peut les égarer. Qu'ils respectent nos libertés. Ne

---

(1) Châteaubriand, en parlant de Bonaparte.

dirait-on pas qu'ils ont oublié que le roi n'est que le premier magistrat de son peuple, et qu'ils ne sont que les ministres du roi?

Par un aveugle esprit d'imitation, on voudrait naturaliser en France ces débats scandaleux entre la séduction et les consciences, qui, chez nos voisins, environnent les hustings de brigues et de désordres. On a écrit que c'était une de nos libertés : à Dieu ne plaise que le libre exercice des droits de citoyen soit de s'agiter ainsi dans le trouble.

C'est dans les cabinets du ministère que se discutent et se décident les intérêts de la France. Une résolution prise, l'intrigue fait mouvoir ses ressorts, on renverse à tout prix les obstacles, et les chambres vendues légalisent, pour la forme, les délibérations du petit conseil. Eh! ne voit-on pas où nous conduit ce système? Espère-t-on que la confiance puisse renaître, pendant que le sort de la France dépendra du choix ou de la volonté d'un ministre? Les ultras ne croiraient-ils pas leur triomphe assuré, si leurs chefs étaient portés au ministère? Quoi donc! il suffirait à MM. de Villèle, de Corbières, de La Bourdonnaye, d'être à la tête des affaires, pour créer une majorité dans leur sens? A qui fera-t-on croire que nous sommes libres, si le ministère gouverne seul à son gré? Si les opinions d'un ministre régissent la France, n'est-il pas évident que le fait et le droit sont en contradiction, que nous sommes dans une fausse attitude, qu'on s'est mépris dans le classement des pouvoirs?

Le bienfait du système représentatif est de partager les puissances exécutive et législative, qui, réunies, sont l'arbitraire et l'absolu. Pour maintenir l'équilibre entre les deux pouvoirs, il est besoin d'un troisième (1), ayant le simple droit de *veto*, qui puisse s'opposer aux empiètemens des deux autres. Des trois pouvoirs, un seul peut et doit avoir une force active.

Les droits de discussion ou de pure opposition sont à peu près semblables dans le fait; mais les conséquences sont différentes. Dans une assemblée nombreuse, la vérité jaillit des

----

(1) On a rendu la pairie héréditaire ; ainsi on a créé une aristocratie inutile et nuisible. A Sparte, les sénateurs étaient choisis par le peuple, et nommés par les rois ; mais comme le fils n'hérite pas des vertus de son père, il n'héritait pas non plus de son rang.

discussions, et la publicité en porte les fruits dans tous les membres du corps social. Il vaut donc mieux laisser à la chambre le droit de discussion, et donner l'opposition passive aux deux autres pouvoirs. Mais, privée du droit d'enquête et de proposition, la chambre des députés ne peut remplir son but.

Il est une autre erreur dont les suites ne sont pas moins funestes. On semble croire qu'avant de choisir un ministre, il faut examiner soigneusement ses opinions : c'est une conséquence du système adopté. Mais que doivent être les ministres, sinon les mandataires de la volonté publique? Que faut-il autre chose à un administrateur que de la droiture et de la capacité? Mais c'est peu pour l'ambition qui est satisfaite du côté des richesses, d'occuper un des premiers rangs dans l'état, s'il faut encore obéir à une autre volonté que la sienne propre. Passant les bornes de leur pouvoir, *les ministres veulent gouverner, quand ils ne doivent qu'administrer.* Quels sont les résultats de cette confusion? Si la majorité de la nation vient à se trouver opposée aux opinions connues des ministres, comme on sait qu'ils influencent à leur gré les chambres, on craint leurs tentatives, on les remplace, et ces fréquens changemens éveillent toutes les ambitions. Il n'est pas d'obscur député qui, en se montrant exagéré dans un parti, n'espère un jour parvenir au portefeuille.

On n'attaque pas les ministres par amour du bien public, mais dans l'espoir de les faire tomber pour les remplacer. Ces messieurs, qui savent que la faveur est inconstante, se dépêchent à prendre leurs précautions. Toute la France ressent les secousses du cabinet. Chaque matin un bruit nouveau vient inquiéter la France et l'Europe. Les variations de l'atmosphère politique paralysent la confiance; comme on sait que tout est à la merci d'un homme, on se plaint de ce que les rois ne sont pas infaillibles comme les papes.

En résumé, nous avons des ministres d'une capacité assez éprouvée; ils vont proposer à la session prochaine une loi sur leur responsabilité; c'est alors qu'on pourra juger clairement de leurs intentions. Les lois sur le jury, l'organisation munipale, les gardes nationales, suivront; si elles sont le complément de celles de la presse, du recrutement, etc., la France, éclairée, reconnaîtra qu'on a trompé son attente et ses vœux; elle se fera justice, et malheur à ceux qui voudraient soutenir l'oppression du secours des étrangers! Si sous les bannières d'un ambitieux nous avons lutté contre l'Europe, que n'oserons-nous pas sous celles de la liberté?

Des opérations de finances, au moins hasardeuses, ont mis nos rentes aux mains des étrangers : l'énorme tribut que nous devons achever de payer, emporte le numéraire et frappe le crédit. Quelles seront les suites de l'hésitation où nous voyons le gouvernement? Le système de bascule anéantit tout esprit national; confiance comme industrie, tout cède à ce fléau. Il nous faut des lois franches et libérales.

Qu'on n'imagine pas que nous en voulons à l'autorité royale. Lorsqu'on reprochait à Théopompe d'avoir souffert l'établissement des Ephores, et par-là une atteinte à la royauté qu'il transmettrait à ses successeurs moins puissante qu'il ne l'avait reçue, il répondait : » Le pou-» voir royal n'a rien perdu, car il sera plus du-» rable et plus juste. » L'événement le prouva;

et quelque temps après, les rois des Argiens et des Messéniens, qui n'avaient pas voulu, à l'exemple de Sparte, tempérer le pouvoir royal, furent chassés du trône.

FIN.

DE L'IMPRIMERIE DE PLASSAN, RUE DE VAUGIRARD.

www.ingramcontent.com/pod-product-compliance
Ingram Content Group UK Ltd.
Pitfield, Milton Keynes, MK11 3LW, UK
UKHW020129080726
13614UKWH00005B/2127